LA

RECHERCHE DU PÈRE

EN TANT QUE GÉNITEUR

PAR

JULIEN MAUVEAUX

L'enfant naturel n'a pas de père,
il n'a qu'un géniteur.

PARIS
MARCHAL & BILLARD
IMPRIMEURS-ÉDITEURS, LIBRAIRES DE LA COUR DE CASSATION
Maison principale : Place Dauphine, 27. — Succursale : Rue Soufflot, 7.

1900

LA RECHERCHE DU PÈRE

EN TANT QUE GÉNITEUR

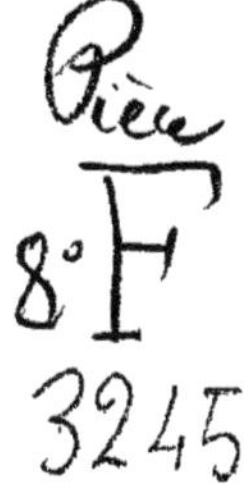

LA

RECHERCHE DU PÈRE

EN TANT QUE GÉNITEUR

PAR

Julien MAUVEAUX

L'enfant naturel n'a pas de père,
il n'a qu'un géniteur.

PARIS
MARCHAL & BILLARD
IMPRIMEURS-ÉDITEURS, LIBRAIRES DE LA COUR DE CASSATION
Maison principale : Place Dauphine, 27. — Succursale Rue Soufflot, 7.

1900

I

Deux grands besoins assurent la conservation de l'individu et de l'espèce. Pour persister en tant qu'individu, l'animal doit se nourrir, pour persister en tant qu'espèce, l'animal doit se reproduire. A l'exercice de ces fonctions physiologiques, la nutrition et la reproduction, correspondent des phénomènes de jouissance. Ainsi l'a voulu la nature pour arriver à son but. Ce qui est profitable à l'individu est bon par surcroît en soi, ce qui est profitable à l'espèce est bon par surcroît à l'individu. Illusion bienfaisante que tous les êtres animés partagent : l'homme lui-même qui dans la passion de l'amour poursuit la satisfaction d'un besoin ou recherche la volupté pour elle-même, obéit docilement à la loi de l'univers et collabore à ses fins ; car, du premier au dernier degré de l'échelle des êtres, dans le rapprochement des animaux inférieurs qui se borne au contact des parties sexuelles comme dans l'union humaine où la sensation s'augmente du prestige d'éléments esthétiques et moraux, la nature, dans l'acte de la copulation, envisage moins le plaisir de l'individu que le nouvel être que le couple doit procréer. La nature veut le petit, la nature veut l'enfant.

Le même instinct de la conservation de l'espèce qui rapproche les sexes, pousse ensuite les animaux à prendre soin de leur progéniture. Ce soin est de plus ou moins longue durée ; il cesse au complet élevage des jeunes. En ce qui concerne l'être humain, le plus frêle, le plus délicat de tous, celui dont le développement est le plus tardif, il dure des années. C'est pour cela que dans une société comme la nôtre où n'existe point de solidarité économique, le mariage monogamique, en tant qu'institution positive, est le plus capable d'assurer la lente évolution physique, intellectuelle et morale de l'enfant. Mais en dehors du mariage, l'homme et la femme qui se livrent au coït, n'en sont pas moins tenus, comme coauteurs, des conséquences de cet acte, responsables concuremment et séparément de leur fait. Chaque fois que l'instinct sexuel accouple deux individus, il en résulte la possibilité d'un enfant et tout accouplement implique de la part des agents l'engagement de réparer le préjudice qui peut, qui doit en être la suite [1]. Soit que l'on considère que la société n'est pas en mesure de prendre à sa charge les enfants qui naissent ou que ce soit l'intérêt de l'enfant d'être nourri et élevé par ses parents, l'abandon du nouveau-né constitue ce préjudice où nous trouvons le fondement organique de l'obligation des procréateurs [2].

Mais cette obligation naturelle pour les procréateurs de nourrir leurs enfants ne serait qu'un simple devoir de conscience et resterait sans effet si le législateur, dans un intérêt social, ne l'avait revêtue d'une sanction externe. La loi, on l'a dit, est la conscience de ceux qui n'en ont pas : il fallait pour que l'obligation fût vraiment efficace que ce devoir moral fût transformé en devoir légal. L'obligation, de naturelle qu'elle était à son origine, devient civile et son exécution peut être poursuivie par la contrainte, elle crée un lien de droit entre la personne au profit de laquelle elle existe et la personne qui doit l'exé-

1. « Les instincts de l'homme sont au pouvoir de sa liberté et ne doivent être satisfaits que lorsqu'ils sont d'accord avec ses obligations », Ad. Franck, *Philosophie du droit civil*, p. 81. La procréation d'un enfant hors mariage est sinon un quasi-délit, du moins un quasi-contrat envers lui.

2. Les socialistes résolvent la question différemment en prétendant qu'il y a identité entre la responsabilité de l'Etat et celle de la famille, à l'égard des naissances. Nous nous plaçons ici au point de vue des conceptions officiellement admises sur le rôle de la famille, obligé de nous en tenir dans notre examen à l'état social actuel, sans préjuger de son évolution future.

cuter, elle donne naissance à une action. Les époux contractent ensemble par le seul fait du mariage, l'obligation de nourrir, entretenir et élever leurs enfants [1]. L'enfant naturel reconnu [2], l'enfant adultérin ou incestueux, lorsque des faits judiciairement constatés ont établi son caractère, est en droit de réclamer des aliments à ses auteurs, à défaut par eux de lui avoir appris un art mécanique [3]. Dans le cas d'enlèvement, lorsque l'époque de cet enlèvement se rapporte à celle de la conception, le ravisseur peut être sur la demande des parties intéressées, déclaré père de l'enfant [4] et cet enfant, comme naturel légalement reconnu, a le droit alimentaire.

On le voit, c'est dans des cas nettement déterminés que la responsabilité civile des procréateurs est établie par la loi française. Les enfants nés hors mariage qui n'ont pas été expressément reconnus, les enfants adultérins et incestueux qui ne peuvent jamais être l'objet d'une reconnaissance sont déchus de tout droit vis-à-vis de ceux qui les ont procréés. L'enfant naturel simple peut, il est vrai, dans certaines conditions rechercher sa mère mais la recherche de son géniteur lui demeure interdite. Sans examiner ici les motifs qu'on fait valoir pour justifier cette prohibition de la loi française, nous constatons l'atteinte portée au principe que nous avons reconnu précédemment et qui, au nom de la morale et de la justice, ne doit comporter aucune exception.

La responsabilité personnelle et immédiate est la base

1. Art. 203 C. Civ.

2. Son droit alimentaire n'est précisé par aucun texte, mais il résulte de l'ensemble d'un certain nombre de dispositions légales. Le droit de correction accordé par l'art. 383 du C. Civ. aux père et mère naturels n'est qu'une sanction de l'obligation d'éducation qui implique l'obligation alimentaire. L'enfant naturel reconnu ne peut être d'ailleurs plus mal traité que l'adultérin et l'incestueux.

3. Art. 763 C. Civ.

4. Art. 340 C. Civ.

de notre droit moderne et la loi, dans aucun cas, ne doit admettre qu'une personne dans la société puisse se dérober aux conséquences de ses actes. Les procréateurs sont responsables personnellement et immédiatement des frais de nourriture et d'entretien de l'enfant. C'est là une obligation naturelle qui a sa cause dans le fait même de la procréation. Elle ne découle pas du mariage, le législateur le reconnaît ; elle n'est pas non plus le corollaire du droit d'hérédité, les collatéraux succédant sans devoir d'aliments. L'enfant naturel simple, l'enfant adultérin, l'enfant incestueux ont sur leurs procréateurs, comme l'enfant légitime, une créance qu'il appartient à la loi de reconnaître et de sanctionner. Refuser cette sanction, c'est rendre pour le débiteur sa libération facultative, c'est faire dépendre le droit de l'enfant de la volonté de ses auteurs, c'est méconnaître ce droit. Et il n'y a pas de difficultés, pas de considérations familiales ou sociales [1] assez puissantes pour l'entraver. L'enfant doit avoir une action pour contraindre ceux qui l'ont procréé, que ce soit hors mariage ou dans le mariage, à s'acquitter de leur dette ; il doit pouvoir les rechercher et cette recherche il faut qu'il puisse l'exercer par tous les moyens, qu'elle ne soit limitée que par des impossibilités naturelles.

Celui qui a donné la vie à un être doit procurer à cet être les moyens de vivre ; celui qui a reçu la vie doit en retour soutenir celui qui lui a donné la vie. La dette est réciproque entre les procréateurs et l'enfant, et en raison de son caractère naturel, parce qu'elle a sa source dans la procréation, nous estimons que la réciprocité de l'obligation alimentaire existe pareillement entre les ascendants des procréateurs naturels et l'enfant [2]. Tel n'est pas le senti-

1. *Alimentorum praestatio pulsat verecundiam*, disait Basnage.

2. Le droit romain reconnaissait, du moins dans la famille maternelle, cette dette du *sang*, en décidant que l'aïeul maternel pouvait

ment de la loi française qui n'accorde à l'enfant naturel, même reconnu [1], aucun droit sur les biens des parents de ses auteurs, ni la solution de la jurisprudence qui subordonne la dette alimentaire au droit de succession [2]. L'enfant naturel est un étranger à l'égard de son aïeul, sous prétexte que ce dernier ne saurait être lié par la reconnaissance du père [3]. Les dispositions de la loi pénale qui refuse d'assimiler au parricide le meurtre commis par le petit-fils naturel sur son aïeul procèdent du même principe. Mais la prohibition du mariage entre les ascendants et les descendants naturels devient alors, les considérations de moralité demeurant identiques, une anomalie qu'il est bien difficile de justifier.

La loi reconnaît l'existence du rapport quand il s'agit du mariage [4] ; elle nie ce rapport quand il s'agit du droit alimentaire ou lorsqu'elle se trouve en présence d'un meurtre ou de blessures [5]. Il serait plus juste et plus rationnel de le

être actionné pour fournir des aliments. Les parlements d'Aix et de Grenoble étendirent ce principe à l'aïeul paternel. Cf. Boucher de la Rupelle, *Conditions des enfants naturels simples*, p. 153.

1. Art. 756 C. Civ.

2. Cass. 7 juillet 1817.

3. Etant donné l'évolution du mariage et la possibiltié pour l'enfant de se marier sans le consentement de ses ascendants, pourquoi accorder à l'enfant légitime né d'une union improuvée par l'aïeul un droit alimentaire qu'on refuse à l'enfant naturel né d'une union offrant le même caractère ? Il ne s'agit pas ici d'affection. C'est le sang qui crée le droit alimentaire. Dès que la filiation est établie (peu importe comment) il y a dette réciproque d'aliments entre les ascendants et les descendants. Il est inutile de s'arrêter à l'opinion qui décide que le rapport de parenté prouvé à l'égard du père naturel n'est point *légalement* prouvé à l'égard des parents de celui-ci, ou qu'il ne serait pas juste que des déclarations de paternité « imprudentes et frauduleuses peut-être, obligeassent les aïeuls à fournir des aliments à tous les enfants qu'il plairait de reconnaître ». Ce n'est pas sérieux.

4. Art. 161 C. Civ.

5. Art. 299, 312 C. P.

reconnaître dans tous les cas en édictant outre la prohibition du mariage, la réciprocité de la dette alimentaire entre l'enfant naturel et ses ascendants et l'aggravation de la peine résultant pour le petit-fils du meurtre de son aïeul.

II

Des procréateurs, il n'en est qu'un seul dont la loi française autorise la recherche : c'est la mère. Pour établir sa filiation relativement à celle-ci, l'enfant né en dehors du mariage, qui n'est ni adultérin ni incestueux, car nous savons qu'à cette catégorie d'enfants toute recherche tendant à faire constater leur filiation est interdite [1], doit prouver : 1° l'accouchement de la femme ; 2° son identité avec l'enfant dont elle est accouchée. Cette preuve administrée, l'enfant se trouve rattaché à sa mère par un lien légal. En droit, des deux procréateurs dont la responsabilité est cependant la même, c'est la femme seule que la loi oblige à remplir ses devoirs, ce n'est que contre elle que la loi arme l'enfant. En fait, c'est encore elle seule qui supporte les conséquences de l'acte sexuel dont le géniteur, le coauteur, élude avec la complicité de la loi, la responsabilité.

La grossesse de la femme, hors mariage, éloigne le géniteur. La femme est abandonnée, elle reste la plupart du temps sans ressources, car ce n'est point généralement dans la classe aisée que se recrutent les filles-mères. Si elle est honnête, si elle est courageuse, honnie, repoussée par la société dont l'hypocrisie n'admet pas la reproduction en dehors du mariage, elle arrivera à force de résistance et de privations à mettre au monde et à élever son enfant.

1. Art. 342 C. Civ.

Dans le cas contraire, le fruit de sa conception lui sera une honte, un fardeau gênant dont elle se débarrassera par l'avortement, s'il en est temps encore, et dans tous les cas par l'infanticide. Les acquittements de plus en plus nombreux dont bénéficient les filles-mères criminelles, doivent être enregistrés comme une protestation de la conscience publique que révolte l'iniquité de la loi, indulgente au géniteur, impitoyable à la femme. Au lieu de correctionaliser l'infanticide, comme font certaines législations [2], pour en assurer la répression, pourquoi ne pas revenir au grand principe de responsabilité et ne pas détruire l'infanticide dans sa cause, en répartissant équitablement entre les procréateurs les charges nécessitées par la naissance de l'enfant ? Quand la loi civile aura obligé le géniteur à participer selon ses moyens à l'entretien de l'enfant, le jury ne se laissera plus entraîner par les considérations sentimentales auxquelles il obéit aujourd'hui pour éluder la sévérité de la loi pénale. Et les crimes contre l'enfant qui sont un effet de la honte, de l'abandon et de la misère de la femme, deviendront par là extrêmement rares et dans tous les cas paraîtront de moins en moins susceptibles de présenter des circonstances atténuantes [3]. Notre ancienne législation ne voyait d'ailleurs aucune différence entre la recherche de la paternité et la recherche de la maternité et toutes deux étaient permises. A quelles considérations

1. Ziino : *Fisio-pathologia del delitto.* La majorité des mères infanticides appartient à la classe des filles séduites et abandonnées. Cf. René Bouton : *L'infanticide*, p. 165 et suiv.

2. Codes pénals hongrois et hollandais.

3. Il en serait de même pour les crimes ou délits de la femme sur le géniteur, lesquels échappent presque toujours à la répression parce que le jury voit dans la séduction et l'abandon postérieur de la femme, une sorte de provocation à ces crimes ou délits.

obéit plus tard le législateur français en prohibant la recherche du géniteur [1] ?

On a d'abord allégué le scandale de l'ancien régime né de la règle : *creditur virgini* [2], qui, mal comprise, ferait supposer qu'on s'en rapportât à la déclaration de la femme pour attribuer la paternité à celui dont elle se prétendait être grosse. Depuis, on a fait justice de cette fausse interprétation. La maxime dont il s'agit présentait un caractère purement provisionnel. A défaut de loi spéciale d'assistance publique, on mettait, par présomption, à la charge de l'homme désigné par la femme, les frais d'accouchement et la pension alimentaire de l'enfant [3], mais l'allocation de la provision n'impliquait nullement que l'individu désigné dût être nécessairement le père de l'enfant [4]. Le fond, la ques-

1. L'art. 340 fut surtout l'œuvre de Bonaparte. Cf. les raisons données par M. Giraud : *La vérité sur la recherche de la paternité*, p. 40, note 1. Les travaux préparatoires et les débats montrent que le principe de prohibition fut en quelque sorte imposé par Bonaparte.

2. Ant. Favre, *Codex definitionum*, lib. IV, tit. XIV, def. 18.

3. « Les frais de gésine étant de nature à ne souffrir aucun retardement la fille enceinte est fondée à se les faire avancer par celui qu'elle prétend être l'auteur de sa grossesse. » Fournel : *Traité de la séduction*, p. 98. En vertu de la même présomption, lorsque plusieurs individus avaient eu des relations avec la mère, ils pouvaient être condamnés solidairement au paiement de la provision (arrêt du Parlement de Paris, du 4 oct. 1661).

4. « Quelle que soit la provision accordée à la fille et de quelque manière qu'elle ait été exécutée, elle ne forme aucun préjugé contre le défendeur ou l'accusé. » Fournel, op. cit., p. 104. Papon, Denizart, Poullain. — Duparc se prononcent également en ce sens. Cf. encore Fournel, op. cit., p. 87, 88 : « il ne faut pas croire que la déclaration de grossesse soit entre les mains de la fille enceinte un titre contre celui qu'elle charge... (le serment non plus). La déclaration renouvelée dans les douleurs de l'enfantement ne fournit pas contre l'accusé un titre plus puissant ; ce n'est qu'une simple présomption qui a besoin d'être soutenue par des preuves de cohabitation. »

tion de paternité, demeurait réservé et la femme pour réussir dans la recherche avait à rapporter la preuve de faits susceptibles d'entraîner la conviction des magistrats [1].

On allégué pareillement, afin de légitimer le principe prohibitif, le danger que présenterait pour les mœurs publiques la révélation de faits immoraux, comme si l'intérêt social ici était différent de celui qui, en matière répressive, lorsqu'il s'agit d'attentats aux mœurs, autorise la preuve de faits scandaleux ; on a allégué la calomnie, le chantage, comme si les abus inhérents à l'exercice d'un droit devaient faire méconnaître ce droit et qu'il fût vraiment impossible d'établir un ensemble de garanties capables de couper court à la spéculation ; on a allégué l'intérêt de la moralité en prétendant que la prohibition de la recherche retenait les femmes et les empêchait de se livrer au libertinage, comme si les conséquences d'une faute devaient forcément prévenir la commission de cette faute, comme si, bien au contraire, la sorte d'impunité résultant pour les hommes de la prohibition, ne devait pas les encourager dans leurs tentatives de séduction ; on a allégué le défaut d'intérêt de l'Etat comme si on ignorait que la dépopulation étend ses ravages et que la mortinatalité des enfants naturels est deux fois plus élevée que celle des enfants légitimes, comme si on ignorait que les enfants naturels abandonnés demeurent à la charge de la société et grèvent le budget, qu'ils deviennent la plupart du temps des déclassés et des criminels [2] ; on a allégué enfin le trouble qui serait porté à la famille légitime atteinte dans son honneur par la recherche de la paternité, comme si la loi n'autorisait pas durant le mariage, l'époux

1. Voir ces sortes de preuves dans Fournel, op. cit. p. 130 et s.

2. Alard : *De la condition et des droits des enfants naturels*, p. 65. La statistique établit que le nombre des enfants naturels criminels tend à augmenter. Cf. rapport Goujon, à la Ch. des Députés, Journal officiel, 1897. Ann. 2524.

à reconnaitre l'enfant né antérieurement d'un autre que de son conjoint, comme si elle n'autorisait pas l'enfant à rechercher sa mère mariée. De tous les arguments pour la plupart officiels invoqués en faveur de l'art. 340, il n'en est qu'un seul qui mérite véritablement l'examen : nous voulons parler de l'incertitude de la preuve.

Si le législateur, a-t-on dit, autorise la recherche de la maternité, c'est que la preuve matérielle de cette filiation est facile à administrer. Le demandeur établira d'une part l'accouchement de la femme qu'il réclame pour sa mère, d'autre part son identité avec l'enfant dont elle est accouchée. En ce qui concerne la filiation paternelle, on se trouve au contraire en présence d'un fait dont la preuve matérielle et directe est impossible. Car, à supposer qu'on démontrât l'existence des relations sexuelles entre la mère et l'individu prétendu père de l'enfant, pendant la période légale de la conception, cette preuve qu'on pourrait rapporter aisément à la vérité, ne serait point suffisante, il resterait à établir que durant cette période l'individu dont il s'agit a été le seul qui ait eu des relations avec la mère, qu'aucun autre que lui n'a cohabité avec elle [2]. Or la preuve de ce fait négatif n'est pas susceptible de démonstration directe et matérielle et on est obligé, pour acquérir la certitude morale, de recourir à des présomptions. Mais, de ce que la certitude matérielle ne puisse être établie, ce n'est pas une

1. Cf. les déclamations de Duveyrier, séance du 2 germinal, an XI : ... « Le secret de la paternité épouvante presque seul et tient enchaînées ses tentatives ambitieuses ; et les Aristote comme les Alexandre ne cherchent pas même dans les lois mystérieuses de la reproduction des êtres un moyen de discerner l'enfant auquel ils donnent le jour. »

2. C'est la preuve que l'ancien droit Toscan désigne sous le nom de *custodia del ventre*. La cohabitation *more uxorio* avec la mère, la surveillance jalouse présumée de l'amant étaient un argument en faveur de la femme.

raison pour conclure à la prohibition de la recherche du géniteur. En matière pénale, on n'exige pas toujours la preuve directe, souvent impossible ; si on l'exigeait, les plus grands crimes resteraient impunis. Et il n'y a pas lieu de se montrer plus sévère en matière civile. D'ailleurs si on admet le principe prohibitif, il faut pour être conséquent abolir la recherche même en cas d'enlèvement. Ici encore il n'y a que des présomptions graves mais non une certitude physique ; et la loi laisse cependant à la prudence des juges le soin de se prononcer sur le point de savoir si le ravisseur est le père de l'enfant. Il faudrait en outre supprimer la présomption légale qui attribue au mari les enfants nés du mariage.

Dans le mariage, en effet, la situation est la même : il n'existe aucune preuve matérielle que le mari soit réellement le père des enfants. Seulement, la cohabitation des époux qui est une des conséquences du mariage, la fidélité que la femme doit à son mari sont des faits d'où découle naturellement cette présomption qui n'admet la preuve contraire qu'exceptionnellement, dans des cas nettement déterminés et lorsque la contradiction est par trop évidente et deviendrait socialement immorale [1]. Mais de ce que dans le mariage, le mari, par présomption est tenu pour le père des enfants de la femme, il ne s'ensuit pas comme on l'a prétendu *a contrario* que, en dehors du mariage, il n'y a plus de présomptions suffisantes pour permettre de rechercher la paternité [2]. Ce qui est vrai, c'est que dans le mariage, il

1. « Dans le mariage, l'époux de la mère sera toujours le père de l'enfant excepté dans les cas où il sera impossible de le supposer ou de le croire ». Lahary, rapport au Tribunat, séance du 28 vent. an XI.

2. « Le mariage étant établi pour donner à la société non pas la preuve matérielle mais à défaut de cette preuve la présomption légale de la paternité, il est évident, lorsque le mariage n'existe pas, qu'il n'y a plus ni signe matériel, ni signe légal ». Duveyrier-Fenet ; Trav. prép. du C. Civ.

est inutile d'établir l'existence des relations entre les époux, inutile aussi d'établir que le mari a eu seul des relations avec sa femme ; toutes les probabilités sont pour que la grossesse soit l'œuvre du mari ; c'est une présomption générale qui dispense de toute preuve. En dehors du mariage, il faut prouver cette cohabitation, ces relations qui peuvent sous forme de concubinage avoir duré des mois et des années ou n'avoir consisté qu'en une union passagère de quelques jours et même d'un seul instant ; il faut prouver également que dans la période légale de la conception, l'homme qu'on recherche a été le seul qui ait eu des rapports avec la mère. Cette dernière preuve, il est impossible, nous le reconnaissons, de l'administrer directement. Mais de l'ensemble des circonstances qui ont précédé ou suivi la conception, il est certain que par voie de présomptions, il est possible de faire découler la certitude morale, la preuve de la paternité. Cela sera parfois délicat, difficile même, il faudra demander une grande prudence aux magistrats appelés à statuer, mais cela n'est point impossible. Le principe de la recherche du géniteur accepté, il ne s'agit, pour ne pas préjudicier à des innocents, que d'assimiler cette recherche à celle de la maternité, de la subordonner à des conditions encore plus rigoureuses en déterminant les cas où elle ne saurait jamais être admise.

III

L'enfant quelqu'il soit, naturel simple, adultérin ou incestueux doit avoir le droit d'établir sa double filiation maternelle et paternelle pour obtenir de ses procréateurs la nourriture nécessaire à son développement physique, l'instruction et l'éducation qui feront de lui un homme utile et un citoyen. L'obligation alimentaire en effet va jusque là.

En ce qui concerne la mère, comme tutrice naturelle exerçant les droits de son enfant mineur, elle doit avoir le droit en son nom et dès sa naissance, de rechercher le géniteur à l'effet de lui faire partager la responsabilité qui autrement pèserait sur elle seule.

La société enfin qui a le devoir de veiller, dans un intérêt supérieur de moralité, à ce que les responsabilités soient nettement établies et les charges qui en résultent équitablement et justement réparties, la société qui, dans le cas où la mère est indigente, a l'enfant à sa charge, doit pouvoir, toutes les fois que cela est possible, entrer par subrogation dans les droits de celle-ci pour rechercher le géniteur auquel ce n'est ni son droit ni son intérêt de se substituer [1].

En présence de la prohibition édictée par l'article 340 du code civil, la jurisprudence pour fléchir sa rigueur ne tarda pas à recourir aux principes généraux et à venir en aide à la mère, c'est-à-dire au fond à l'enfant, en accordant à celle-ci des dommages-intérêts soit en vertu des articles 1142-49 (inexécution d'une obligation), soit en vertu de l'article 1382 (séduction).

En ce qui concerne la promesse de mariage, on estima que son inexécution comme obligation pouvait ouvrir à la

1. « La recherche de la paternité ne se présente plus comme un simple droit, si tant est qu'on le leur reconnaisse, des *intéressés*, mais bien comme un droit et un devoir de la société *intéressée* à ce que chacun soit connu dans l'état-civil que lui constitue sa naissance et chacun obligé de remplir les devoirs naturels et sociaux qui lui incombent par l'effet de ses actes ». Ch. Renouvier. *Philosophie analytique de l'histoire*, tome IV, p. 735. — Cf. P. Alard, op. cit. « La loi doit provoquer l'aveu pour assurer à l'enfant la constatation de son état civil (p. 26). L'acte de naissance doit être le mode régulier de la preuve de la filiation naturelle aussi bien que légitime » (p. 72).

femme abandonnée une action en dommages-intérêts [1]. Mais les promesses de mariage ne sont pas des obligations de faire ordinaires, ayant pour objet des choses et résolubles en dommages-intérêts, et il serait bien extraordinaire qu'on pût sous cette forme réclamer le profit, l'avantage qu'aurait procuré le mariage [2]. D'ailleurs elles ne sont pas obligatoires en ce qu'elles ont une cause illicite, elles sont nulles d'une nullité d'ordre public, comme portant atteinte à la liberté du consentement qui doit avoir lieu au moment du mariage.

La jurisprudence ne suivit donc pas la doctrine dans cette voie antijuridique, mais réservant le préjudice causé par suite de l'inexécution de la promesse de mariage, préjudice ou matériel ou moral, elle transporta la question du terrain des obligations contractuelles sur celui des obligations quasi-délictuelles et demanda à l'article 1382 la solution qu'elle n'avait pu obtenir de l'article 1142. C'est

1. Toulouse, 16 fev. 1813, 8 mars 1827. — Fournel, op. cit. considérait que la promesse de mariage est la raison qui détermine la femme à se donner. Faute par le séducteur d'épouser la femme, celle-ci ne pouvait le contraindre, mais elle avait une action en dommages-intérêts, pour l'exécution de la promesse, toutes les fois qu'elle avait pu considérer que le mariage devait réparer les suites de son abandon.

N'avaient pas cette action : 1° *la fille prostituée*. Sa grossesse « est seulement un des inconvénients attachés à sa profession et dont ceux qui la fréquentent ne sont point obligés de la dédommager » p. 31. ; 2° *la femme entretenue* « elle ne peut point alléguer qu'elle n'a fait le sacrifice de sa vertu que sous la promesse du mariage » p. 39 ; 3° *la fille de théâtre*, vis-à-vis du père « qui n'est point homme de théâtre » La femme n'aura point d'action non plus : contre le mineur (il est incapable de faire une promesse de mariage) contre l'homme marié (promesse impossible), les gens d'église, etc...

2. Laurent, *Principes de droit civil*, T. II, n° 306. — « Pour pouvoir réclamer réparation d'un préjudice, il faut qu'on ait été lésé dans un droit *acquis* personnel ou réel ». Sourdat, *Traité général de la responsabilité* T. I, n° 444.

ainsi qu'elle a décidé que l'inexécution d'une promesse de mariage peut servir de base à une action en dommages-intérêts en vertu de l'article 1382, non seulement à raison des pertes matérielles qui en sont résultées (dépenses de voyage et tous autres frais causés à l'une des parties par la rupture de l'union projetée) mais encore à raison du préjudice moral que peut éprouver la femme atteinte dans son honneur [1], et même de la grossesse et de l'accouchement de celle-ci [2].

Cependant la séduction en elle-même n'est ni un délit [3] ni même un quasi-délit. Deux éléments sont indispensables pour donner lieu à l'application de l'article 1382 : le préjudice et la faute. En matière de séduction, en l'absence de manœuvres dolosives, de violence physique ou morale — et il sera très difficile de déterminer le point où cette dernière commence à devenir criminelle — on pourra toujours repousser l'action en dommages-intérêts de la femme par l'exception de la faute commune [4]. En ce qui concerne le préjudice et quelle que soit l'habileté des arrêts à condamner le père sous la forme d'auteur de dommage en protestant chaque fois qu'il ne s'agit pas d'une question d'état, c'est manifestement une violation de l'article 340 : les travaux préparatoires avaient prévu l'hypothèse et l'avaient rejetée.

Le caractère spécieux et les subtilités de cette jurisprudence s'expliquent par le sentiment de commisération qui

1. Rej. 17 août 1814. D. 14. 2. 483. — Rouen, 7 déc. 1825. D. 26. 2. 87. — Colmar, 23 juin 1833, D. 38, 2. 301. — Nîmes 2 janv. 1855, D. 55. 2. 161, etc..

2. Caen, 6 juin 1850, D. P. 55. 2. 178. — Aix, 7 juin 1869, D. P. 71, 1. 52, etc.. *Contra* : Caen, 24 avril 1850, D. P. 55, 2. 177. — Aix, 23 février 1865 (V° mariage n° 50, Suppl. au répert. de Dalloz) Rennes, 11 avril 1866, D. P. 66. 2. 184.

3. *Contra* Millet, la *Séduction.*

4. *Volenti non fit injuria. Qui damnum sua culpa sentit, damnum sentire non videtur.*

pousse les tribunaux à être équitables envers la femme séduite et la gêne qu'ils éprouvent en présence des termes formels de l'article 340 qu'ils n'osent pas violer ouvertement. Arrêtés par l'obstacle, ils le tournent : il serait plus rationnel que le législateur le supprimât. Au lieu de venir en aide à l'enfant indirectement, par l'intermédiaire de la mère à laquelle ils accordent des dommages-intérêts, et c'est tout ce qu'ils peuvent faire en l'état de la législation, il serait préférable de reconnaître et de sanctionner le droit de l'enfant en l'admettant à la recherche de son géniteur.

Dans la théorie de la faute commune, on envisage seulement le rapport des agents entre eux dans la commission de cette faute ; quand on parle de préjudice on envisage seulement celui qui est causé à la femme par le séducteur et il y a une tendance à préjuger la faute et à la faire résulter du préjudice. C'est la femme qui paraît surtout digne d'intérêt ; on se garde bien de parler de l'enfant ou plutôt c'est à travers la mère qu'on essaie de venir à lui, pour lui porter secours. Rien n'est plus maladroit. D'autre part, considérer la séduction comme un délit et l'inscrire dans le code, ce serait admettre théoriquement et juridiquement une inégalité qui n'existe pas. Jusqu'à l'âge de treize ans, la loi pénale protège la jeune fille contre son abandon sexuel volontaire, mais au-dessus de cet âge, les relations sexuelles avec elle cessent de présenter un caractère délictueux. La loi civile, il est vrai fixe à quinze ans révolus l'âge où elle peut contracter mariage, mais ce n'est guère non plus qu'à cet âge que les organes génitaux de la femme sont aptes physiologiquement à la conception. Dans tous les cas si la loi la juge capable alors d'accomplir un acte aussi grave que le mariage, c'est qu'elle présume aussi qu'à cet âge la femme doit connaître les conséquences de l'acte sexuel. Au pis aller, et à supposer qu'on reculât encore la limite protectrice de l'art. 331 du code pénal, l'âge nubile demeurerait toujours le terme extrême où s'étendrait cette protection de la loi pénale.

A cela on répond que ni la puberté ni la nubilité ne doivent être la limite où les relations entre les sexes cessent d'être punissables et qu'il faut protéger la femme contre la séduction non parce qu'elle n'est point encore pubère mais parce que même après cet âge, elle reste intellectuellement enfant et ne peut évaluer la portée de son abandon volontaire.

Le législateur n'a pu faire cette distinction. Du moment où la femme est pubère et où il l'a considérée comme ayant conscience des conséquences de l'acte sexuel, il la relève de sa déchéance, il la libère de cette protection qu'il étendait sur elle jusque là, il lui impute une responsabilité égale à celle de l'homme [1]. Maintenir plus longtemps pour elle la protection légale, ce serait proclamer une inégalité entre les sexes, prolonger sans profit cette minorité sexuelle de la femme, aller à l'encontre du mouvement d'émancipation féministe qui protestant contre l'infériorité des facultés morales et l'infirmité de la volonté qu'on lui attribue, tend précisément à la doter de toutes les capacités civiles.

La femme qui s'abandonne librement à un homme en dehors du mariage n'est donc point fondée, selon nous, à lui demander sous forme de dommages-intérêts réparation du préjudice résultant des suites de cet abandon. La faute est réciproque de la part de la femme et du géniteur, d'avoir procréé un enfant dans des conditions défavorables pour lui

1. C'est en raison de ce principe général de responsabilité qui suppose une même volonté libre que la loi pénale oblige toutes les personnes, sans tenir compte de la différence des sexes. Etablir sur cette différence deux codes pénals distincts, ce serait reconnaître chez la femme une infériorité morale organique que rien ne justifie et cet aveu légal entraverait son évolution éthique et l'éducation de sa volonté.

en l'état de la société actuelle ; et la mère n'a rien personnellement à exiger de son complice. Mais ici le droit de l'enfant réapparaît dans toute sa rigueur et la mère exerçant ce droit ou le curateur spécial nommé à l'enfant, dans l'hypothèse où pour différentes raisons on craindrait de laisser ce droit aux mains de la mère, doit pouvoir rechercher le géniteur, c'est-à-dire le débiteur, pour le contraindre à remplir son obligation naturelle.

Il est inutile d'ajouter que lorsque la procréation d'un enfant aurait eu lieu à la suite de manœuvres dolosives et que la fraude ou la violence morale serait nettement caractérisée, dans l'hypothèse par exemple où l'homme aurait pour triompher de sa résistance, abusé de l'ascendant que lui donne la supériorité de son âge ou de sa position [1], de sa situation de patron [2], ou étant marié, aurait dissimulé son état civil [3], la femme pourrait en raison de la fraude ou de la contrainte dont elle a été victime, réclamer de ce chef personnellement des dommages-intérêts. Mais c'est une appréciation de faits particulièrement délicats et les tribunaux devront se montrer sévères dans la recevabilité de pareilles demandes.

IV

S'il nous est arrivé d'appliquer cette dénomination de *géniteur* au procréateur de l'enfant conçu en dehors du mariage et que nous ayons évité pour le désigner d'employer

1. Bourges, 6 juin 1881, D. P. 82, 2. 117-118.
2. Aix, 21 mai 1874. D. P. 76, 2, 85. — Trib. Lyon (1re Chambre), 12 juillet 1890. — Pandectes, 91, II, 46.
3. Aix, 7 juin 1869, D. P. 71, I, 52. – Douai, 18 mars 1895, D. P. 95, 2, 351.

le mot *père* dont la loi se sert indifféremment qu'il s'agisse du procréateur naturel ou du procréateur légitime, c'est que nous avons tenu à faire ressortir, dégagé de toute idée gamique et familiale, le véritable et le seul rapport qui existe entre celui qui engendre et celui qui est engendré, et qu'il nous a paru bon d'établir ou de rétablir dès le début une distinction dont l'importance est considérable au point de vue de la position juridique des intéressés.

L'enfant naturel n'a pas de père, il n'a qu'un géniteur. Et si nous considérons qu'il a le droit de rechercher celui qui l'a procréé, ce n'est qu'à l'effet de faire constater ce rapport de procréation pour en obtenir et au besoin exiger les avantages qui en résultent. L'enfant naturel a le droit de rechercher son père, non comme père (ce terme est ici trop compréhensif et implique des droits et des devoirs réciproques qui ne peuvent prendre naissance que dans le mariage) mais en tant que géniteur. C'est une erreur de croire qu'il puisse y avoir une paternité *forcée*. L'idée de paternité est, on le sait, absolument indépendante à l'origine de l'idée de génération physique [1] et cela est si évident que ce titre de *pater*, dans la langue religieuse, on l'appliquait aux dieux, que dans la langue juridique il pouvait être donné même à l'homme qui n'avait pas d'enfants, qui n'était pas marié, qui était impubère. Le pater n'est pas celui qui a engendré, mais celui qui veille à l'entretien et à la conservation de la famille : c'en est le protecteur naturel [2]. La paternité, c'est l'autorité du chef dans la famille et le lien juridique qui le rattache aux enfants nés du mariage est

1. Dans les langues indo-européennes, la racine *pa* signifie *protéger*. Pour rendre l'idée de procréation, les anciens emploient le mot gânitar, γεννητήρ, genitor.

2. Ed. Cuq. *Les Institutions juridiques des Romains* p. 153. — Dobresco, *L'Evolution de l'idée du droit*, p. 136 : pater familias ne réveille pas l'idée de descendance ... il signifie dans le sanscrit comme dans la langue romaine, autorité, puissance, majesté ».

purement volontaire [1]. Ceux-ci n'entrent pas dans la maison par le fait de leur naissance mais par un acte postérieur : l'appréhension qui consiste pour le pater à prendre dans ses bras l'enfant déposé à ses pieds.

Et la loi française a si bien reconnu ce qu'il y avait de volontaire dans ce rapport social, le lien juridique qui existe entre le géniteur dans le mariage et ses enfants, que, hors mariage elle ne considère comme père que celui qui s'est déclaré tel volontairement. Dans le mariage cette volonté préexiste ; hors mariage, elle doit se manifester par un acte volontaire : la reconnaissance. Ce qui établit la différence entre le géniteur et le père, entre l'enfant naturel et le légitime, c'est le mariage. La condition des enfants naturels doit être évidemment rapprochée le plus possible de celle des légitimes, mais l'assimilation complète qu'on voudrait en faire au point de vue de leurs droits, est impossible en raison de ce que leurs droits sont originairement inégaux suivant qu'ils découlent de la procréation hors mariage ou de la procréation dans le mariage.

D'où cette distinction entre les procréateurs :

I. Hors mariage. — La volonté du procréateur de se rattacher à l'enfant né fortuitement est absente ; du moins elle ne se manifeste pas. — Rapport de procréation seulement. — Minimum de droits et de devoirs.

A : le géniteur.

a) pur et simple.

b) criminel.

II. Dans le mariage. — La volonté préexiste. — Rapport

1. « A Rome, le mariage ne produit à lui seul aucun effet juridique. C'est le chef qui décide si l'enfant qui vient de naître de sa femme ou de la femme d'un de ses fils ou petits-fils issus d'un fils doit être admis dans la famille. » Cuq, op. cit. p. 64.

de procréation et rapport gamique. — Maximum de droits et de devoirs.

B : le père.

III. Hors mariage. — La volonté du procréateur se manifeste. — Rapport de procréation et rapport gamique fictif. — Droits et devoirs intermédiaires, plus étendus que dans le premier cas, moins étendus que dans le second.

C : le géniteur qui reconnaît.

Nous devrions pour être logique examiner dans l'ordre ci-dessus les conséquences du rapport de procréation hors mariage au point de vue des droits et des devoirs qui naissent strictement de ce rapport, examiner ensuite ce que le rapport gamique ajoute à ces droits et à ces devoirs, finir par l'examen du terme moyen où nous retrouvons toutes les conséquences du rapport de procréation hors mariage avec par surcroît un certain nombre de droits et de devoirs qu'y attache une fiction. Il sera plus simple d'accepter et de prendre pour point de départ la conception de la paternité telle qu'elle résulte de la loi et de nos mœurs, de préciser les conséquences du rapport gamique, puis en éliminant cet élément, de passer au géniteur pur et simple et en le faisant réapparaître sous forme de fiction, d'aboutir au géniteur qui reconnaît.

I. Le père

Nous savons qu'à l'origine l'idée de procréation est étrangère à celle de consanguinité. Tout individu considéra comme consanguins ceux avec lesquels il se trouva dans des rapports juridiques proches : le père et l'enfant étaient consanguins non point parce qu'ils étaient issus du même sang mais parce qu'ils étaient par l'autorité du père soumis au même droit [1]. Peu à peu, sous l'influence du mariage,

1. Starcke. — *La famille dans les différentes sociétés*, p. 202.

le fait de la procréation devint la base de l'idée de consanguinité. L'amour paternel fut déterminé dans le cœur du géniteur par l'idée qu'il avait *lui-même* engendré l'enfant : amour primordialement égoïste, simple manifestation de l'instinct de la conservation transporté de l'organisme producteur sur l'élément produit. Dans la suite, le père s'intéresse à l'enfant « parce qu'il vit avec la mère et tient tous les deux sous son pouvoir pour s'en servir en faveur de sa famille[1] ». L'autorité du père sur son enfant est conçue dans l'intérêt du père, comme chef de famille. Elle se présente plus tard comme nécessitée seulement par l'intérêt de l'enfant. La puissance paternelle — qui n'est autre chose que la puissance parentale en tant qu'elle est confiée au géniteur — n'est accordée au père par la société que parce qu'elle sera un bien pour l'enfant. Cette évaluation de la puissance paternelle est cohérente avec la loi du 24 Juillet 1889, qui la retire de plein droit ou qui en prononce la déchéance, lorsque le père en est indigne et que son exercice peut préjudicier à l'enfant, pour la remettre à la mère, à un tiers ou à un établissement d'assistance publique. Comme géniteur, le père doit des aliments à l'enfant. Comme père et parce que c'est la famille qui est le plus capable de résoudre les problèmes d'éducation, il a le droit de garde, de correction, de surveillance, d'émancipation; il a le droit de consentir au mariage, de nommer un tuteur testamentaire, etc., tous droits qui sont accordés par le législateur sur une présomption d'amour que nous retrouverons lorsque nous parlerons de la réserve *ab intestat*.

II. Le géniteur

Le rapport de procréation subsiste seul. Que les relations sexuelles d'où est né l'enfant aient été volontaires de la part de la femme (géniteur pur et simple) ou qu'elles

1. Starcke, loc. cit.

aient eu lieu à la suite d'un enlèvement (géniteur criminel) le procréateur n'est rien qu'un débiteur. Faute de lien légal qui le rattache à la femme, la volonté de s'occuper de l'enfant est absente. La naissance de ce dernier s'est au contraire accomplie dans des conditions telles qu'elles font présumer un cas fortuit, involontaire, un véritable accident. Il n'aime pas son enfant, car s'il l'aimait, il le reconnaîtrait et dans le cas où cette reconnaissance lui serait impossible, parce que défendue, il n'abandonnerait pas la mère et viendrait en aide à l'enfant. Ce procréateur là, la loi doit en faciliter la recherche pour lui imposer les obligations qui résultent de son fait. Il doit des aliments, sa quote-part de frais et en cas de décès ou d'indigence de la mère, tous les frais nécessités par l'entretien et l'éducation de l'enfant, proportionnellement à sa fortune, jusqu'à ce que celui-ci soit à même de gagner sa vie ; sa succession se trouve grevée par la réserve alimentaire instituée au profit de son enfant mineur ou infirme dont il est responsable des besoins vis-à-vis de la société. Mais ce n'est qu'à l'acquittement d'une dette pécuniaire que la loi peut le contraindre. L'autorité dont la loi investit les parents sur la personne de leurs enfants n'étant qu'une conséquence du lien gamique, il serait illogique et téméraire de la confier au géniteur qui au lieu de s'en servir pour le bien de l'enfant, en ferait souvent un usage abusif. Les droits du père ne résultent point du rapport de procréation, mais découlent du mariage. L'amour de la mère, instinct physiologique résultant de la procréation, présente au contraire toutes les garanties désirables pour que la puissance parentale lui soit confiée. A défaut d'un foyer, l'enfant trouvera dans la société de sa mère, dans la famille de celle-ci une place préférable à celle qu'il trouverait auprès du géniteur. La fille-mère qui a reconnu est dans la situation à peu près de la mère survivante. Elle aura le droit de garde, d'éducation, le droit de correction plus étendu toutefois que celui de la mère survivante. Dans la limite du père, elle agira par voie d'autorité et non de réquisition, car les raisons qui ont motivé les mesures de l'art. 381 du c. civ. n'existent plus [1]. Elle sera tutrice de plein droit de l'enfant, mais elle n'aura pas la jouissance légale, qui est une récompense du mariage et pourrait déterminer d'ailleurs des reconnaissances intéressées. Elle consentira au mariage, à l'adoption, à la tutelle officieuse, à l'émancipation. Elle aura droit d'accepter une donation, de provoquer l'interdiction, de nommer un tuteur testamentaire. Elle exercera en un mot la puissance paternelle dans son acception la plus large et concourra à tous les actes de la vie de l'enfant, seule, même au cas où elle se marierait [2].

III. Le géniteur qui reconnait

Les obligations résultant du rapport de procréation sont les mêmes et l'absence du mariage d'où découlent les droits du géniteur sur son enfant semble au premier abord devoir l'en priver. Mais sa position vis-à-vis de l'enfant pour être semblable en fait à celle du précédent, est différente en droit : un lien juridique le rattache à l'enfant, la recon-

1. Cf. Locré, Code Civil, VII, p. 62. Le législateur craignait l'impressionnabilité de la mère et la malveillance de la famille. De là « elle devait se ménager le concours des deux plus proches parents paternels, des témoins impartiaux qui puissent toujours attester de la nécessité de cette mesure ».

2. En ce qui concerne le droit pour l'enfant naturel de porter le nom de son géniteur *recherché* (droit qui est exclusivement une valeur morale et idéale, Cf. Goos *Doctrine du Droit*, 1, p. 547) nous estimons que dans le cas où la reconnaissance est admissible, l'enfant doit pouvoir opter entre le nom de sa mère et celui de son géniteur. Ce sera engager celui-ci à s'occuper de l'enfant, à le reconnaître peut-être. Si c'est un devoir pour l'enfant légitime et pour l'enfant naturel reconnu de porter le nom de son père, c'est certainement un droit pour l'enfant naturel simple non reconnu de porter le nom de son géniteur recherché.

naissance qu'il en a faite, dans les cas où cette reconnaissance est possible, c'est-à-dire lorsqu'il ne s'agit pas d'enfants adultérins ou incestueux [1]. Cet acte de volonté est la meilleure preuve de l'affection qu'il porte à l'enfant. Par une sorte de fiction et parce que il est de l'intérêt de l'enfant qu'il soit l'objet de la sollicitude de ses deux auteurs, la loi veut bien ignorer l'inexistence du lien gamique pour leur attribuer à tous deux des droits.

Dans le mariage, nous l'avons vu, c'est par une sorte de délégation que l'autorité parentale est confiée au père. Hors mariage, la puissance paternelle appartiendra aux deux procréateurs, et comme elle résulte d'une présomption d'amour, que cette présomption provient de la reconnaissance, la puissance paternelle devrait être logiquement attribuée à celui qui le premier a reconnu l'enfant. Mais en réglant cette attribution sur l'ordre dans lequel la reconnaissance a eu lieu on arriverait à un résultat inique, parce que des circonstances fortuites peuvent avoir retardé la manifestation de cette volonté. Que la reconnaissance du géniteur soit postérieure ou antérieure à celle de la mère ou qu'elle soit simultanée, nous estimons que la garde de l'enfant doit demeurer à la mère, tant qu'elle n'en aura pas été privée ou déchue pour indignité par une décision judiciaire. Il s'agit ici de l'intérêt supérieur de l'enfant. D'ailleurs dans le cas où celle-ci épouserait une autre que l'auteur de l'enfant, la situation de ce dernier, dans le foyer maternel, sera préférable, nous l'avons dit, à celle qui lui serait faite auprès d'une marâtre. Aucune tutelle ne sera organisée, la mère aura l'administration des biens du mi-

1. Et encore, il faudrait ne considérer comme incestueux que les enfants dont les parents n'auraient pu obtenir dispense pour se marier. En même temps que la famille tend de plus en plus à se restreindre et à se circonscrire dans les rapports des époux avec les enfants et des enfants entre eux, l'inceste évolue vers une limitation adéquate.

neur. En ce qui concerne le droit d'éducation et de correction et pour tous les droits qui en l'état de la législation, sont exercés dans le mariage par le père seul, dont l'opinion en cas de dissentiment prévaut, ce qui est absolument irrationnel et injuste, ils appartiendront d'abord à celui qui aura reconnu et lorsque la double reconnaissance sera intervenue, ils appartiendront aux deux procréateurs. Dans tous les cas graves intéressant la vie de l'enfant, ils dévront se mettre d'accord, et en cas de conflit, comme il n'y a pas lieu de subordonner la volonté de l'un à celle de l'autre, comme cette subordination déjà inique dans le mariage [1] le serait ici davantage, le tribunal saisi par voie de requête, après avoir entendu contradictoirement les parties en chambre du conseil, se prononcera sur la contestation.

V

La question de la recherche de la paternité et la question de ses effets au point de vue successoral sont si intimement

1. La prédominance du mari dans le mariage, qui est une survivance de la supériorité physique de l'homme sur la femme, essaie de se justifier en ce que l'unité de la famille ne saurait se maintenir que par l'autorité absolue d'une des parties (c'est la raison donnée par Portalis dans l'exposé de la loi relative au mariage. Locré, C. Civ. IV p. 485) mais cette appréciation repose sur une évaluation fausse des tendances des volontés en présence, supposées hostiles l'une à l'autre (Cf. Starcke, op. cit. p. 141) alors qu'elles sont réellement des volontés concomitantes, qui doivent s'unir, c'est-à-dire céder l'une à l'autre, après examen, dans la mesure où ce renoncement doit être utile, soit à la vie commune, soit à l'enfant. C'est encore dans la famille, comme c'était hier dans l'Etat, la théorie monarchique à laquelle se substitue peu à peu le régime parlementaire. Le mariage devient de nos jours une association de deux êtres, *ayant des droits identiques* (H. Coulon. *De la réforme du mariage*, p. 39). Il n'y a pas de raison pour, *à priori*, proclamer légalement la prédominance de l'un des associés.

liées l'une à l'autre qu'il suffit de savoir dans quel sens l'une ou l'autre de ces questions a été résolue pour connaître implicitement la solution donnée à celle qui demeure en suspens. La solution positive ou négative de la première entraîne une solution contraire pour la seconde et réciproquement. Quand le législateur rend la recherche difficile, il accorde en retour des effets successoraux importants ; quand il facilite cette recherche, c'est pour aboutir à des effets moindres, le plus souvent il se borne à reconnaître une créance alimentaire. Cette loi de perpétuel balancement, nous l'observons dans toutes les législations. Aussi la loi française du 25 Mars 1896 qui augmente la quotité du droit successoral des enfants naturels et semble au premier abord leur être des plus favorable, leur est plutôt préjudiciable, en ce sens qu'elle ajourne pour une durée qu'il est difficile de déterminer la question autrement grave pour eux de l'admission à la recherche. A quoi bon, a-t-on dit, n'augmenter leur droit que pour leur faire regretter davantage l'impossibilité où ils sont de le faire valoir ?

Ce qui, en effet, contribue surtout à maintenir la différence entre la situation de l'enfant légitime et celle du naturel, c'est l'hérédité. Dans certaines législations, l'enfant naturel n'a pas de droit successoral ; dans d'autres, lorsqu'on le lui concède, il est inférieur à celui du légitime. On a essayé autrefois de légimiter cette inégalité avec la théorie de la faute, en disant que les restrictions apportées par la loi au droit de l'enfant né hors mariage sont des peines « sanctions de l'infraction à la loi du mariage, qui ne frappent l'enfant que parce que la loi s'est reconnue impuissante à punir ce délit contre la morale sur les auteurs mêmes, si ce n'est d'une manière indirecte[1]. » L'enfant légitime (union légale) a la plénitude des droits ;

1. Boucher de la Rupelle. *De la condition des enfants naturels*, p. 149. — Bossuet. *De la connaissance de Dieu*, chap. 4, 11.

l'enfant naturel simple (union illégale) des droits moindres ; l'enfant incestueux ou adulterin (union illégale délictueuse) peu ou point de droits. Plus la faute du géniteur aura été grande, plus il doit être puni, plus son enfant sera misérable. Il est inutile d'insister sur ce que cette conception, qui emprunte aux théories sur l'hérédité une apparence pseudo-scientifique, offre de barbare et monstrueux.

Pour expliquer cette inégalité, on a dit ensuite que le législateur dont le but est de favoriser le mariage, ne pouvait voir qu'avec défaveur les enfants naturels. Les dispositions rigoureuses édictées à leur égard ne sont pas établies « *in odium eorum sed in odium parentum et in favorem matrimonii.* »[1] Ce sophisme aussi bien continue à en imposer aux meilleurs esprits. C'est encore en alléguant l'intérêt du mariage et la sauvegarde de la famille que lors de la discussion qui précéda le vote de la loi de 1896 on fit rejeter par la Chambre et le Sénat, le principe de l'assimiliation proposée par MM. Letellier, Jullien et Rivet.

Et il ne s'agit jusqu'ici que de l'enfant naturel qui a été reconnu.

Mais l'enfant naturel simple qui a *recherché* son géniteur, dans le cas où cette recherche est admise, aura-t-il, lui, un droit successoral sur les biens de son auteur ? L'enfant incestueux, l'enfant adultérin qui selon nous, doit être aussi autorisé à cette recherche, aura-t-il le même droit ? Pour les assimiler quant aux droits à l'enfant naturel reconnu, on considère que peu importe si la reconnaissance a été volontaire ou la recherche forcée : la paternité une fois légalement établie, on veut qu'elle produise tous ses effets.[2] On se refuse à reconnaître le véritable et le seul

1. Delvincourt, Cours de C. civ. T. I, p. 233.

2. C'est ainsi qu'on a reproché au code civil allemand qui n'accorde à l'enfant naturel aucun droit de succession, de troubler inutilement la famille sans améliorer la situation de l'enfant. Cf. De la Grasserie. *De la recherche et des effets de la paternité naturelle*, p. 85.

rapport qui existe entre le géniteur et l'enfant, le rapport de procréation, pour les rattacher faussement et sans avoir ici le bénéfice d'une fiction, par des rapports gamiques et familiaux inexistants ; et, le législateur abusé par cette idée complexe de paternité qui implique dans le mariage toutes les conséquences qui découlent de ces rapports, en étend gratuitement et illogiquement les effets à la paternité naturelle.

C'est cette tendance à ne pas vouloir faire de différence entre le géniteur recherché et le père légitime, à les identifier complètement parce qu'ils sont semblables en tant que procréateurs, d'où résulte l'assimilation maladroite qu'on a voulu établir au point de vue successoral entre cette dernière catégorie d'enfants naturels et les légitimes. Elle procède, ajoutons-le, d'un sentiment de pitié compréhensible en tant qu'expression altruiste, mais malheureusement ne saurait aboutir à aucun résultat pratique.

D'ailleurs elle provient d'une fausse conception du droit de succession. L'hérédité, dans les sociétés modernes, est un arrangement destiné à partager d'une certaine façon entre les hommes les professions et les capitaux que laissent les morts [1]. On a pensé que le moyen le plus efficace de stimuler l'activité de l'homme, c'était d'assurer à ses descendants la propriété des capitaux qu'il a amassés pendant sa vie. Le droit légimitaire est fondé sur une présomption d'amour et c'est sur une semblable présomption, sur l'affection présumée du défunt, qu'est fondé le droit successoral *ab intestat*. L'enfant naturel reconnu doit donc exclure tous les collatéraux. Les dérogations à ce principe sont encore des concessions à la famille légitime qui ne se justifient plus

1. Courcelle Seneuil. *Préparation à l'étude du droit*, p. 460.

2. L'ordre juridique n'a pas de raison de supposer le sentiment paternel dans celui qui n'a cherché que son plaisir sans estime pour les exigences morales. Goos, *Doctrine du droit*, I, p. 544.

de nos jours et qui disparaîtront de nos codes en même temps que l'inégalité qu'on a su jusqu'ici maintenir entre le droit successoral de l'enfant naturel reconnu et du légitime.

Mais si le droit successoral est fondé sur l'amour du père, si nous assimilons par conséquent l'enfant naturel reconnu au légitime quant à ce droit, il serait illogique, en présence d'une présomption contraire, de l'accorder à l'enfant qui n'a pas été reconnu. Et il y a en effet, lorsque le géniteur est recherché, une présomption qu'il n'aime pas son enfant, car s'il l'aimait, il l'aurait certainement reconnu. Dans des cas spéciaux (naissance adultérine et incestueuse) le géniteur ne peut pas reconnaître, il est vrai, et il n'y a rien à inférer de cette impossibilité au point de vue de l'affection du père. Mais ici l'intérêt social l'emporte sur l'intérêt de l'enfant. Pour accorder à l'adultérin et à l'incestueux le droit successoral, il faudrait que la loi autorisât la reconnaissance de cette catégorie d'enfants ; et ce serait une atteinte au mariage, un défi porté à la famille légale. La loi, certes, doit autoriser l'enfant quelle que soit sa naissance à rechercher son géniteur ; mais il serait socialement dangereux qu'un homme avouât des relations adultérines ou incestueuses et s'en prévalût pour se rattacher à l'enfant par un lien familial et gamique fictif. Ce serait, de la part de la loi, créer et encourager parallèlement à la famille légitime une union réprouvée. Dans ces conditions, il paraît préférable de refuser à l'enfant adultérin et incestueux tout avantage successoral.

Nous disons : un avantage, car ce n'est point d'un droit qu'on le prive. On ne saurait en effet le priver d'un droit. L'enfant (à part la créance alimentaire qu'il peut avoir sur ses procréateurs ou sur leurs successions et à laquelle nous reviendrons plus loin) n'a aucun droit sur les biens de ses parents. Le législateur a estimé bon de fixer l'ordre dans lequel les biens laissés par le mort doivent être transmis, et pour déterminer cet ordre il s'est basé sur l'affection présumée du défunt ; mais il en aurait pu faire tel autre usage qu'il n'y aurait rien à redire. Si l'on considère que l'enfant légitime privé de l'héritage ne serait point lui-même lésé dans un droit, le refus du droit successoral aux enfants naturels non reconnus, aux adultérins et aux incestueux, pourvu qu'on leur assure des aliments, semblera moins inique et presque rationnel. Il en est de même en ce qui concerne la quotité allouée à l'enfant naturel reconnu, inférieure à la part légitime. En élevant cette quotité d'un tiers à un demi, la loi de 1896 a amélioré sensiblement la situation de l'enfant naturel ; elle l'a avantagé jusqu'à la limite où elle pensait, à tort ou à raison, que cette réforme allait devenir préjudiciable au mariage et à la famille. S'il s'agissait d'un droit, cette demi-mesure paraîtrait manifestement par trop inique en son insuffisance.

Mais ce dont il faudrait bien pénétrer les esprits, c'est que, répétons-le, l'enfant n'a aucun droit de succession sur les biens de ses parents. Quand cette idée sera entrée dans nos mœurs et que le législateur aura proclamé le droit absolu de tester, (en maintenant les dispositions actuelles en cas de succession *ab intestat*, et en assimilant dans cette hypothèse, le droit de l'enfant naturel reconnu à celui du légitime) il aura stimulé et accru l'énergie du père de famille, restitué à notre race l'esprit d'initiative, assis la famille sur des bases vraiment morales, désintéressées, toutes d'amour, il aura surtout fait disparaître les inégalités artificielles introduites par la loi dans la condition des enfants naturels.

Le droit de tester d'ailleurs a des limites naturelles : *nemo liberalis nisi liberatus*. Le géniteur a des devoirs d'entretien et d'éducation à remplir vis à vis de ses enfants mineurs, naturels ou légitimes. Mais, passé l'âge où ses enfants pourront eux-mêmes subvenir à leurs besoins, le géniteur sera-t-il déchargé de toute obligation envers eux ? En aucune façon. L'enfant majeur peut devenir incapable de gagner sa vie et la charge de son existence avant de peser sur la société, doit être supportée par le géniteur. On peut envisager aussi le cas où l'enfant naîtrait infirme, et ici encore le géniteur doit assurer sa subsistance. D'autre part, tout descendant naturel ou légitime a le devoir de venir en aide à son ascendant dans le besoin. Dans l'un et dans l'autre cas la succession doit des aliments.

La réserve, en tant qu'elle est destinée seulement à assurer ce droit strictement alimentaire qui est une conséquence du rapport de procréation, est légitime et doit être maintenue.

Il appartiendra aux tribunaux, dans le premier cas, de déterminer sur la demande des descendants et eu égard à l'importance de la succession, la part en toute propriété qui doit leur être attribuée, et dans le second cas, sur la demande des ascendants, la part en usufruit à laquelle ceux-ci auront droit, c'est-à-dire le capital nécessaire à leur assurer une pension alimentaire viagère et qui retournera après leur décès, aux légataires [1].

1. Si, comme c'est notre opinion, le droit alimentaire ne prend naissance que lorsque celui au profit de qui il est institué est réellement dans le besoin, la succession ne devrait d'aliments qu'autant que les ascendants et les descendants auraient justifié de ce besoin. Les conflits qui ne manqueraient pas de s'élever par suite de la dépendance où seraient les ascendants et les descendants vis-à-vis de légataires étrangers, donnent à penser qu'il vaut mieux accorder un droit en toute propriété et un droit d'usufruit non subordonnés à la preuve d'un actuel besoin.

D'autre part, il paraîtrait plus rationnel de n'instituer pour les descendants comme pour les ascendants qu'un droit d'usufruit. Mais les inconvénients qui résulteraient de la longue durée pendant laquelle ce droit greverait la succession semblent démontrer qu'il est préférable aussi de remplir les descendants, une fois pour toutes, de ce droit alimentaire en leur attribuant une part en toute propriété. Le principe n'en reste pas moins le même : le droit des uns et des autres sur la succession est strictement alimentaire.

VI

Le principe de la recherche du géniteur admis avec les effets dont nous venons de parler, les intéressés doivent pouvoir établir la filiation par tous les moyens, la preuve des obligations qui naissent des quasi-contrats n'étant point subordonnée à la production d'un écrit qu'il a été impossible au créancier de se procurer.

Pour établir complètement la filiation, il faut prouver : 1° que la mère a eu des relations sexuelles avec le géniteur recherché pendant l'époque de la conception [1] ; 2° qu'elle n'a eu de relations qu'avec lui.

Or, cette dernière preuve (négative indéfinie) n'est pas susceptible de démonstration et la mettre à la charge de la femme, c'est rendre toute recherche impossible.

Aussi, quelle a été l'idée générale du système de la recherche dans la législation germanique. C'est, une fois la fréquentation prouvée entre la mère et le prétendu géniteur, de rapporter la conception au géniteur par voie de présomption. La charge de prouver que la mère a entretenu des relations avec d'autres hommes incombe au géniteur.

Ce système, le seul pratique, est fondé sur cette considération que l'amant qui ne peut démontrer l'immoralité de sa maîtresse doit être tenu pour avoir eu seul des relations avec elle. La cohabitation, aux termes de la loi allemande, ne doit mériter aucun crédit quand il sera prouvé qu'un autre homme a cohabité également avec la mère à l'époque de la conception ou quand, d'après les circonstances, il sera évidemment impossible que la mère ait conçu l'enfant à la suite de la cohabitation alléguée (art. 1717 C. Civ.).

1. Depuis le 180e jusqu'au 300e jour avant la naissance, art. 1572, C. Civ. allemand ; du 220e au 300e jour, art. 73 du C. Civ. des Grisons.

C'est ce système que nous voudrions voir entrer dans la législation française avec quelques modifications, un ensemble de restrictions apportées par le souci de ne pas sacrifier le géniteur à l'intérêt de l'enfant. Il ne faut pas que la filiation soit possible, mais qu'elle soit certaine. Toutes les fois qu'il y aura doute, ce doute doit profiter au prétendu géniteur.

Relations sexuelles.

Ces relations peuvent avoir été de plus ou moins longue durée. Elles consistent : 1° en un état de fait (concubinage) ; 2° en actes répétés mais qui ne sauraient constituer un état ; 3° en un acte unique.

1°. *Etat de fait. — Concubinage.*

C'est la cohabitation de l'homme et de la femme *more uxorio*, c'est le mariage, moins la formalité qui lui donne un effet juridique, l'union consensuelle dans ce qu'elle a de plus volontaire mais aussi de plus instable.

Nous ne pouvons prévoir le terme de l'évolution du mariage qui, comme institution positive, est appelé à se modifier, mais sans aller jusqu'à assimiler dès à présent la condition des enfants nés de l'union libre à celle des enfants légitimes, nous estimons qu'il y a lieu d'établir dans le concubinage, lorsqu'il est prouvé que la conception correspond à la période de cohabitation, une présomption légale de procréation dispensant la mère de toute autre preuve. La responsabilité du géniteur ne résulte pas, comme la loi pourrait le faire supposer, de l'acte officiel déterminé qu'est la célébration du mariage ; elle prend naissance chaque fois qu'il y a la possibilité d'un enfant, c'est-à-dire à chaque union sexuelle. Sanctionner cette responsabilité en présumant le concubin procréateur de l'enfant, serait une manière de régulariser le concubinage et de lui donner une valeur morale. Cette présomption d'ailleurs ne saurait être considérée comme une présomption légale absolue, *juris et de jure*. Le géniteur pourra prouver que la femme a eu des relations avec d'autres hommes, ce qui rendra la filiation incertaine et permettra de repousser l'action.

2°. *Actes répétés.* — 3°. *Acte unique.*

Il ne s'agit plus ici de relations présentant un état habituel notoire et constant, mais d'actes sexuels répétés, quelquefois même d'un acte unique. Contrairement aux précédentes, les relations ont eu un caractère occulte. La présomption légale disparaît [1] mais tous les genres de preuves sont admissibles. Examinons ces preuves :

a) *Commencement de preuve par écrit.*

Il peut résulter de la correspondance du géniteur l'aveu de ses relations avec la mère ; les lettres établiront par exemple qu'il a eu connaissance de sa grossesse et qu'il a continué d'avoir commerce avec elle.

Le commencement de preuve par écrit pourra être corroboré par la preuve testimoniale.

b) *Preuve par écrit.*

Dans des lettres, le géniteur se sera reconnu le père de l'enfant né ou à naître [1]. Les tribunaux, à défaut d'exceptions soulevées par le défendeur, se borneront la plupart du temps à constater la filiation.

1. Sinon en cas de viol ou de rapt, avec l'exception dont il est parlé plus loin en ce qui concerne la femme mariée.

1. Cas prévu par l'art. 135 du C. Civ. espagnol qui oblige alors le père à reconnaître l'enfant.

c) *Preuve testimoniale.*

La preuve des relations qui est la meilleure, n'est pratiquement guère possible.

Mais, de même qu'en matière de divorce les relations adultères échappent le plus souvent à une constatation directe, il peut résulter un ensemble de faits et de circonstances capables d'entraîner la conviction des juges (présomptions graves, précises et concordantes).

En raison toutefois des dangers qu'elle présente, l'admissibilité de la preuve testimoniale paraîtrait au premier abord devoir être subordonnée à un commencement de preuve par écrit. Mais ce serait neuf fois sur dix rendre toute recherche impossible.

Les témoignages, à défaut d'autres preuves qui les corroborent, pourront suivant les cas être écartés. Comme garantie de sincérité il y aurait lieu d'assimiler le faux témoignage en matière de recherche au faux témoignage en matière correctionelle.

d) *L'aveu. — Le serment.*

Le géniteur pourra être interrogé sur faits et articles. Le serment décisoire pourra également lui être déféré.

En ce qui concerne le serment déféré par le juge, admis par les codes des Grisons et de Glaris, il nous paraît devoir être rejeté comme moyen de preuve, en raison de son caractère antijuridique.

EXCEPTIONS

Le défendeur à l'action, dans tous les cas, sera admis à la preuve contraire.

Mais il ne suffirait pas que la femme eut prouvé ses relations avec l'homme pour que celui-ci fut déclaré géniteur de l'enfant. Il y a lieu, par voie d'exceptions, de faire repousser l'action lorsque l'immoralité de la femme rend la filiation incertaine ou simplement douteuse. C'est le principe en vigueur dans la législation suisse.

On pourrait admettre comme fins de non recevoir les cas suivants :

1° Lorsque la femme a fait métier de fille publique et s'est prostituée à prix d'argent antérieurement à l'accouchement [1]. Nous estimons que des faits d'immoralité postérieurs à l'accouchement ne seraient pas susceptibles de faire repousser la demande, car cette immoralité peut avoir été une conséquence de l'abandon de la mère par le géniteur et de la misère où elle s'est trouvée par la suite.

2° Lorsque la femme, sans s'être prostituée à prix d'argent mène une vie dissolue, lorsqu'elle a eu des rapports avec plusieurs hommes à des intervalles rapprochés.

3° Lorsque la femme pendant la période légale de la conception a eu des rapports avec un autre que le géniteur [2].

L'action en recherche sera donc inadmissible quand la femme sera mariée, même en cas de viol ou de rapt. Mais en cas de désaveu de la part du mari, le géniteur de l'enfant pourra être recherché.

1. Le code de Zurich dit dans les deux dernières années. La législation suisse est donc plus libérale que notre projet, mais nous ne pensons pas qu'il y ait lieu de faire cette distinction. La prostitution de la femme antérieurement à l'accouchement rend la filiation incertaine.

2. L'exception *plurium constupratorum* admise par le code civil allemand est repoussée par certaines législations. Le code autrichien (art. 163) établit contre l'individu convaincu d'avoir eu des relations avec la mère dans la période légale une présomption *juris et de jure.* D'autres (Uri; Bâle-campagne) condamnent solidairement les hommes qui ont eu commerce avec elle, *comme co-géniteurs possibles* et responsables pécuniairement, de l'enfant dont la filiation est incertaine. C'est ici une simple question de dommages-intérêts.

PROCÉDURE

I°). L'action appartient à la mère assistée d'un tuteur ad hoc, pendant la minorité de l'enfant.

Le président du tribunal désignera ce tuteur qui sera choisi sur la liste du jury. La mère, en présentant requête aux fins de cette commission, prêtera serment entre ses mains qu'elle a eu des relations avec le défendeur seul dans la période légale de la conception.

Le faux serment en pareille matière sera puni de six mois à deux ans d'emprisonnement.

II°). Si la mère est indigente, l'enfant restera à la charge de la commune qui pourra exercer l'action au nom de la mère. Pour être recevable la commune devra justifier d'une autorisation expresse et du serment préalable de la mère [1].

III° L'action appartient à l'enfant à sa majorité.

A défaut d'avoir la possession d'état d'enfant naturel, il sera tenu de fournir un commencement de preuve par écrit [2].

Les débats auront lieu à huis clos et ne pourront être reproduits par la voie de la presse.

1. La subrogation en effet ne saurait avoir lieu de plein droit, car à moins d'obliger par la contrainte la mère à des aveux, lorsque celle-ci refuserait de révéler le nom du géniteur, l'action aurait peu de chance d'aboutir. Dans la législation de New-York, la recherche de la paternité a un but purement fiscal : dégrever le budget. Aussi, pour arriver à ce résultat, a-t-on recours à la procédure criminelle qui dispose de moyens que n'a pas la procédure civile afin de découvrir la vérité. Si la mère refuse de désigner le géniteur et que l'information ne le fasse pas connaître, le magistrat met la mère sous mandat de dépôt (*commitment*) jusqu'à ce qu'elle avoue.

2. Au bout de vingt-et-un ans la preuve des relations intimes aura souvent disparu et il ne conviendrait pas de laisser l'enfant introduire à la légère une action que sa mère n'a pas pu ou n'a pas voulu elle-même introduire.

En ce qui concerne les témoignages, il sera procédé comme à l'art. 245 du c. civ.

Il sera fait mention en marge de l'acte de naissance de l'enfant et en marge de l'acte de naissance du géniteur, du jugement constatant la filiation

MONTBÉLIARD. — IMPRIMERIE MONTBÉLIARDAISE.

CHEZ LES MÊMES ÉDITEURS

CODES et LOIS pour la France, l'Algérie et les Colonies, ouvrage contenant, sous chaque article des Codes, de nombreuses références aux articles correspondants et aux lois d'intérêt général, les arrêts de principe les plus récents, la *législation algérienne et coloniale* et donnant en outre la concordance des lois et des décrets entre eux, et les principaux Traités internationaux relatifs au droit privé, avec droit au *Supplément annuel* pendant quatre ans ; par **Adrien Carpentier,** Agrégé des Facultés de droit, Avocat à la Cour d'appel de Paris. 4ᵉ édition, refondue et mise au courant. 2 forts vol. in-8° jésus. 1900. Brochés, 25 fr.; reliés, 31 fr.

Se vendent séparément :

— **Codes et Traités.** 1 vol. Broché, 12 fr. 50, relié, 15 fr. 50
— **Lois et Décrets.** 1 vol. Broché, 12 fr. 50; relié, 15 fr. 50

Il paraît une édition nouvelle tous les ans.

PATERNITÉ NATURELLE (La recherche de la) en Italie et en France. Etude sur l'article 189 du Code civil italien et l'article 340 du Code civil français; par **J. Della Torre de Lavagna,** Docteur en droit. 1 vol. in-8. 1892. 2 fr.

ENFANTS NATURELS RECONNUS (De la condition des), dans la succession de leurs père et mère. Commentaire de la loi du 25 mars 1896. — Législation antérieure. Travaux parlementaires. Doctrine. Législation étrangère. Formules; par **Henri Coulon,** Avocat à la Cour de Paris. 1 fort vol. in-18, 1896 6 fr. 50.

On retrouvera dans ce livre toutes les qualités d'exposition, de clarté et de science juridique qui, depuis longtemps, ont classe M. Coulon parmi nos auteurs les plus appréciés et les plus consultes.

DROIT CIVIL FRANÇAIS (Cours de), d'après la méthode de **C.-S. Zachariæ**; par **MM. Aubry** et **Rau,** Conseillers à la Cour de cassation. 5ᵉ édition revue et mise au courant de la législation et de la jurisprudence, par **MM. G. Rau** et **Ch. Falcimaigne,** Conseillers à la Cour de cassation, avec la collaboration de **M. Gault,** Docteur en droit, Avocat au Conseil d'État et à la Cour de cassation. 10 vol. in-8. 100 fr.

Les tomes 1, 2 et 3 sont parus. 30 fr.
Le tome 4 est sous presse.
Les autres volumes paraîtront successivement.

CODE CIVIL PAR DEMANDES ET RÉPONSES; par **Prosper Rambaud,** Docteur en droit, Répétiteur de droit. 7ᵉ édition, mise au courant des dernières dispositions législatives jusqu'en novembre 1896. 3 vol. in 8. 1892-1897. 19 fr. 50

Chaque volume se vend séparément. 6 fr. 50

CONSTRUCTIONS (Code Perrin ou Dictionnaire des) et de la Contiguïté, législation complète des Servitudes et du Voisinage, du Sol bâti, cultivé ou planté; de ses Produits, des Engrais, etc.; des Etablissements classés, des Usines, des Cours d'eau, du Drainage et des Irrigations; du Bornage, de l'Affouage, des Clôtures urbaines et rurales; des Voies ferrées, Routes. Chemins, etc.; ouvrage entièrement refondu; par **M. Anbroise Rendu,** Docteur en droit, Avocat à la Cour de cassation et au Conseil d'État, revu par **Jean Sirey,** Avocat à la Cour d'appel de Paris et mis au courant par **M. Hudelot,** Juge de paix de Corbeil (S.-et-O.). 9ᵉ édition. 1 très fort vol. in-8. 1896-1899. 10 fr.

CONJOINT SURVIVANT (Des droits du). Étude de la loi du 9-10 mars 1891, qui a modifié les droits de l'époux sur la succession de son conjoint prédécédé (art. 767 et 205 du code civil); par **L. Thomas,** Avocat à la Cour de Bordeaux. 1 vol. in-8. 1896. 7 fr.

Montbéliard. — Imprimerie Montbéliardaise.

www.ingramcontent.com/pod-product-compliance
Ingram Content Group UK Ltd.
Pitfield, Milton Keynes, MK11 3LW, UK
UKHW022144190726
13855UKWH00003B/1339

9 782013 366472